Bendis –
ein Dackelmädchen erzählt

Tierische Geschichten
aus dem Leben von Bendis und
von Apollos Freunden

1. Auflage 2024

Anne Teutschbein-Licha

Vielen Dank an alle, die dieses Buch möglich gemacht haben:

Frau Regina Mitchell, die alles Korrektur gelesen und
Tobias Neumann, der in Windeseile den Druck möglich
gemacht hat.

Dank an meinen Mann, der in stundenlanger Kleinstarbeit mit
mir die Bilder einfügte.

Danke auch an meine Mama, die uns immer mit den Dackelchen
unterstützte und unterstützt.

Ebenso an meinen Bruder, der sich durch die komplizierten
Futterwünsche, Futterzeiten und diversen speziellen Wünsche
der Dackelbande arbeitete, wenn ich mal nicht da sein
konnte.

Danke an unseren Grafiker Robert Kutschera, der unseren
Fridolin so zauberhaft zeichnerisch in Szene setzte.

orwort

Hallo meine lieben Dackelfreunde, mein Name ist Bendis. Ich bin ein Kurzhaarzwergdackelmädchen. Einige kennen mich bereits durch meinen großen Bruder Apollo. Er hat euch schon Einblicke in unser Dackelleben gegeben. Da ein Dackel ja bekanntlich immer etwas zu sagen hat, habe ich mir gedacht, ich erzähle euch meine kleine Geschichte und dabei dürfen auch unsere kleinen bepelzten, befiederten, bestachelten und gepanzerten Freunde zu Wort kommen, die euch in eine geheime und manchmal unbekannte Welt entführen. Meine kleine Tochter Ceres hat mich tatkräftig unterstützt und so wünschen wir euch viel Freude beim Lesen. Taucht ein in eine Welt voller Freude, Liebe, Glück und manchmal auch Trauer.

Eure Bendis, Ceres, Chloe, Bony, Murkel, Quackie, Fridolin, die Igelbrüder, Kunigunde, Brunhilde, Gertrud und Elsa

© 2024 Anne Teutschbein-Licha
Verlag: BoD · Books on Demand GmbH,
In de Tarpen 42, 22848 Norderstedt
Druck: Libri Plureos GmbH, Friedensallee 273,
22763 Hamburg
ISBN: 978-3-7693-1127-3

Bendis –
ein Dackelmädchen erzählt

Tierische Geschichten
aus dem Leben von Bendis und
von Apollos Freunden

Hallo meine lieben Fellnasenfreunde, hier spricht eure Bendis. Einige kennen mich schon ein wenig, mein großer Bruder Apollo hat schon ein bisschen aus dem Nähkästchen geplaudert. Aber für die, die unsere kleine Familie noch nicht kennen, gebe ich euch eine kleine Zusammenfassung.

Mein Frauchen ist Tierärztin und kümmert sich um die kleinen und großen Wehwehchen von uns Fellknäueln. Ich lebe in Ubstadt, einem kleinen Ort inmitten von Baden-Württemberg. Aber angefangen hat alles ganz weit weg von hier, in einer großen Stadt namens Berlin. Also von vorn.

Wenn man mein Frauchen als kleines Mädchen fragte: „was möchtest Du einmal werden?", sagte sie: „ich werde Tierärztin". Und wenn man sie fragte: „was ist dein größter Wunsch?", dann kam promt: „ein eigener Hund". Mit 10 Jahren knackte unser Frauchen ihr Sparschwein und Fräulein Vesta zog zu Frauchen.

Vesta
mit einem Jahr

Ein kleines Kurzhaarzwergdackelmädchen mit gescheck-tem Fell, ein richtiges Tigerdackelmädchen, mit dunklen Augen und einem wachen Verstand. 16 ½ Jahre gingen sie gemeinsam durch dick und dünn, Freud und Leid. Dann kam der Tag, vor dem sich mein Frauchen so gefürchtet hatte, sie musste ihre geliebte Vesta über die Regenbogenbrücke gehen lassen. Vier Monate später zog ein kleines rotes Dackelmädchen zu meinem Frauchen, meine Tante Luna.

Luna mit 8 Wochen

Frauchen war mittlerweile nach Niedersachen gezogen, um dort zu arbeiten. Klein Lüni war immer an ihrer Seite und genoss eine hervorragende Ausbildung. Unsere Luna

Luna mit 12 Wochen

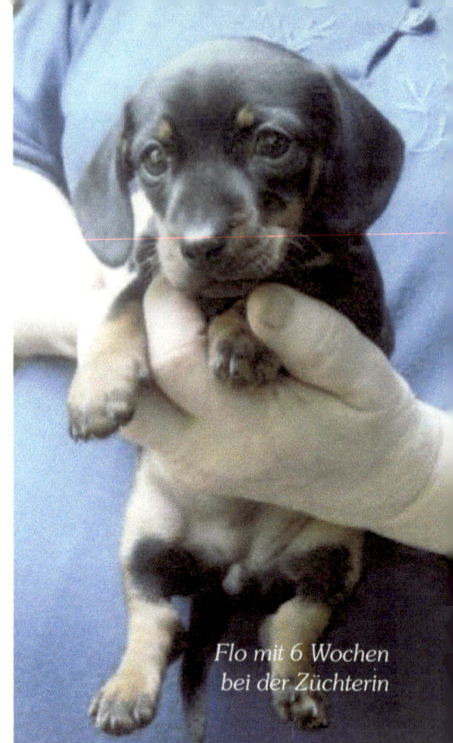

*Flo mit 6 Wochen
bei der Züchterin*

Luna rot und Flo schwarz

Zofe

war jagdlich sehr passioniert. Es gab nichts was sie nicht fand, es gab für sie nichts schöneres, als mit unserem Frauchen durch den Wald zu stromern. Als Luna 3 Jahre alt war, zog noch die kleine Flo zu meinem Frauchen, ein schwarzrotes Dackelmädchen. Weitere 2 Jahre später wurde das Trio komplett. Meine Mama Zofe, die kleine Schwester von unserer Flo zog aus Berlin nach Munster. Frauchen hatte Großes vor, sie wollte Dackel züchten. Einen tollen Zwingernamen hatte sie sich ausgesucht, wir bekamen den Namen „aus der Götterdämmerung". Meine Mama heißt mit vollem Namen Zofe von der schönen Weide. Mein Papa ist Iltis vom Zeldenrüst. Bevor ich auf die Welt kam, wurden meine großen Brüder Apollo und Ares geboren. Apollo blieb bei Frauchen und sein Bruder zog in den Schwarzwald.

Zofe mit Apollo und Ares

Apollo

Am 03.02.2009 wurden mein Bruder und ich geboren. Es war ein sonniger Februarmorgen. Es war die 2te Geburt meiner Mama. Frauchen merkte gleich, das diesmal etwas anders war, also schnappte sie meine Mama, sagte den Anderen sie sollen brav sein und verschwand in Richtung Klinik. Das ist ein Haus, in dem viele andere Ärzte arbeiten. Dort wurde meine Mama untersucht und um 10 Uhr an diesem schönen Morgen kam ich durch einen Kaiserschnitt auf die Welt.

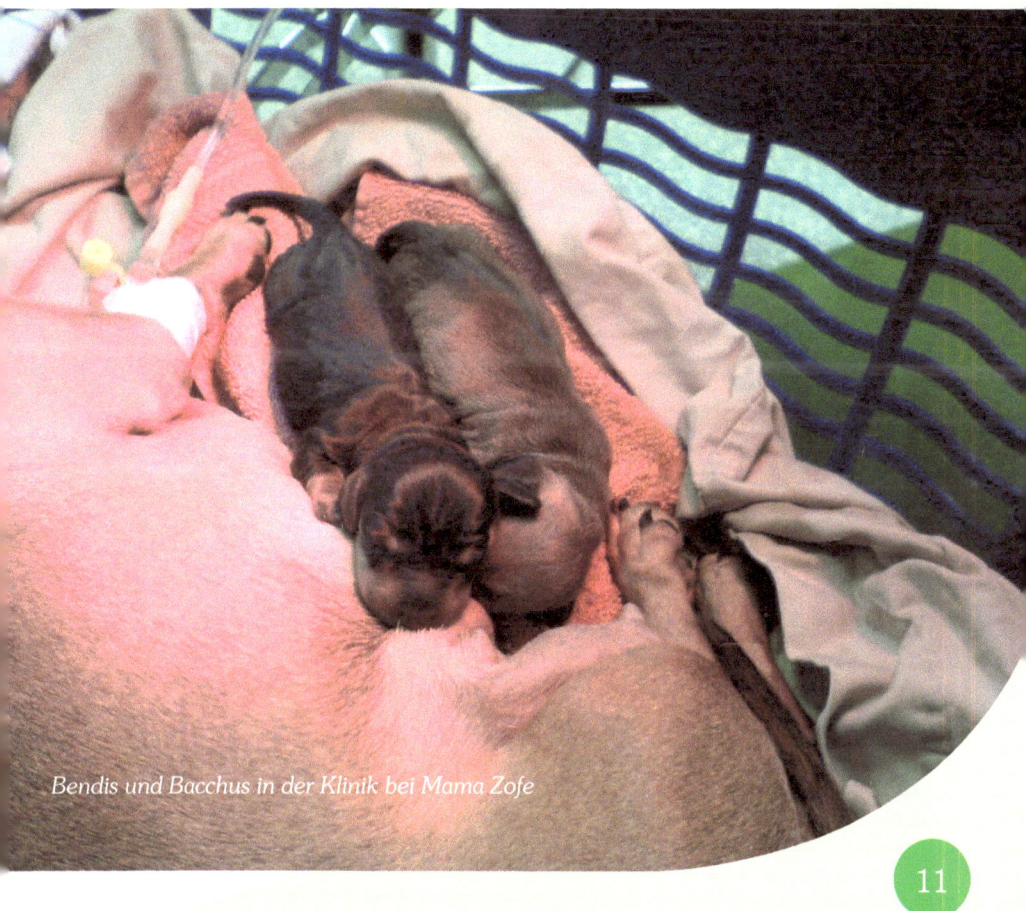

Bendis und Bacchus in der Klinik bei Mama Zofe

Puh, auf einmal wurde es kalt und ich wurde gerubbelt und geschrubbelt. Dann wurde es warm und wohlig. Das nächste was ich bemerkte, war eine wohltuende, warme Zunge. Meine Mama putzte mich und schlabberte mich trocken. Aber da war noch etwas, irgendjemand legte seine warme Hand auf mein Köpfchen und streichelte mich ganz vorsichtig. Gemütlich kuschelte ich mich an meine Mama und meinen Bruder.

Bendis und Bacchus bei Mama Zofe

Bacchus und seine Schwester Bendis bei Tante Luna

Die ersten Tage bestanden aus Schlafen, Milch trinken, kuscheln, pieseln und Häufchen häufeln. Nach und nach wurde es heller, als ich das erste Mal meine Äuglein öffnete sah ich in ein paar dunkelbraune Augen, meine Mama Zofe. Direkt dahinter tauchte ein Schatten auf, ich konnte es noch nicht so richtig deuten. Meine Mama gab mir zu verstehen, dass das unser Frauchen ist.

Mit 4 Wochen waren mein Bruder und ich schon richtige kleine Racker, wir hatten nur Blödsinn in unserem kleinen Dackelkopf.

So langsam wurde mir bewusst, dass wenn unser Frauchen Bendis rief, dass sie mich meinte. Ich heiße „Bendis aus der Götterdämmerung", mein Bruder „Bacchus aus der Götterdämmerung". Bendis ist eine griechische Jagdgöttin aus Trakien. Von ihr habe ich meinen Namen. Bacchus ist der Gott des Weines. Wir sind schon eine göttliche Familie, meine Großtante Vesta bekam ihren Namen von der Göttin des Herdfeuers, Apollo ist der Gott des Lichts, des Frühlings, der sittlichen Reinheit und Mäßigung sowie der Weissagung und der Künste. Insbesondere der Musik, der Dichtkunst und des Gesangs. Toll, so ein stattlicher Name. Ares der Gott des Krieges und Luna die Mondgöttin. Nur Tante Flo blieb unser kleiner Flo, weil sie so klein und hüpfig war und meine Mama hieß Zofe.

Der Frühling war herrlich, die Sonne kitzelte unsere Nasen und wärmte unsere Bäuchlein, wir hatten immer jemanden zum Spielen und unser Frauchen. Ich bekam viele Spitznamen, die ich bis heute behalten habe: Bendolinchen, Quengelinchen und Seehund. Frauchen sagt wenn ich belle hört es sich an, als ob ein Seehund bellt. Eines Tages kam eine fremde Dame zu uns. Sie spielten mit meinem Brüderchen, streichelte mich und meine Mama. Dann packte sie ein Körbchen und viele Spielsachen für uns aus. Sie kam uns immer öfter besuchen und spielte ganz viel mit meinem kleinen Bruder. Waldi, so nannte ihn die Dame, liebte sie sehr. Eines Tages kam sie wieder, Frauchen nahm meinen Bruder nochmal auf den Arm und drückte ihn fest an sich. Dann setzten sich mein Brüderchen und sein neues Frauchen in ein Auto und fuhren weg. Meine Mama und ich suchten ihn, aber irgendwie war er nicht mehr da.

Bacchus

14

Frauchen sah ganz traurig aus, aber sie sagte so ist das Leben, dein Brüderchen hat jetzt eine eigene Familie, die ihn genauso lieb hat wie wir. So ganz habe ich es nicht verstanden, aber so langsam gewöhnten wir uns an die neue Situation.

Ich wurde größer und erwachsener und mein Bruder Apollo half mir durch meine Schulzeit. Er war sehr geduldig, ich habe mir viel von ihm abgeschaut und immer auf ihn gewartet. Mein großer Bruder war genauso jagdlich passioniert wie unsere Tante Luna. Er hat seine Prüfungen mit Bravour bestanden und war immer ganz beseelt, wenn er mit Frauchen mit durfte. Mir war das nicht ganz so geheuerlich. Ich finde es schon spannend, mal diese fremden Grüche zu schnuppern, aber mehr brauche ich nicht.

Klein-Bendis beim Platz üben mit Tante Luna (rot)

15

Apollo hat euch ja von unserem Umzug in ein schönes Haus mit Garten erzählt. Hier hatten wir ein eigenes Zimmerchen, einen schönen Kamin und eine Terrasse auf der wir den Sommer verbracht haben. Natürlich wurde ich auch auf einer Dackelausstellung vorgestellt. Hier wurde ich vermessen und begutachtet, ob alles was so ein kleines Dackelmädchen haben muss auch an seinem richtigen Platz war.

Chloe vorn, dahinter Bendis, daneben Ceres, Apollo mit Kopf auf Ceres, ganz am Kamin Zofe

In unserem schönen Zuhause kamen dann auch meine Mädchen zur Welt. Naja, eigentlich kamen auch sie, genau wie ich, in der gleichen Klinik auf die Welt. Am 30.09.2011 um 2 Uhr morgens, ein kleines schwarzrotes und ein Tigerdackelmädchen.

Ceres vorn und Chloe dahinter, in der Klinik

Als wir wieder zu Hause waren, war ich noch ganz schön müde aber irgendwas war anders, es quieckte doch da plötzlich neben mir. So ganz konnte ich das nicht begreifen. Aber nett waren die beiden Kleinen schon, also hab ich mal mit der Zunge an ihnen rumgeputzt. Hm, so schlecht war das nicht, die haben so schön gerochen und waren ganz warm und weich und haben sich an mich gekuschelt, ein wohliges Gefühl, meine beiden Mädchen.

Bendis, Chloe, Ceres

Auch sie bekamen göttliche Namen, Ceres und Chloe. Beide erhielten den Namen der Göttin Demeter, sie war die Göttin des Ackerbaus und hieß zudem Ceres und hatte den Beinamen Chloe. Also eine Göttin, zwei Namen.

Es war ein wunderschöner Herbst, die Sonnenstrahlen wärmten die Luft und meine kleinen Mädchen wuchsen und wurden größer. Als sie 4 Wochen alt waren, durften

Ceres, 6 Wochen alt

Ceres vorn, Chloe dahinter

Oma Zofe mit Ceres, 6 Wochen

Mama Bendis,
Ceres, Chloe liegt und
dahinter Onkel Apollo

sie mit uns in den Garten. Sie spielten mit meiner Mama und mit Luna, Flo und meinem großen Bruder Apollo. Ihre Wurfkiste baute Frauchen im Wohnzimmer auf, so dass wir jetzt wieder alle zusammen waren.

Eines schönen Tages, die Kleinen waren gerade 5 Wochen alt, bemerkte unser Frauchen, dass Chloe ganz geschwollene Öhrchen bekam und überall stecknadelkopfgroße Knötchen, die schnell größer wurden. Frauchen packte uns alle ein und wir fuhren in eine weit entfernte Stadt. Nach Gießen, an eine Universität. Dort wurde mein Mädchen von allen Seiten begutachtet und es wurden Hautstückchen genommen und untersucht. Sie hatte viele kleine piecksige Fäden am Rücken und am Bauch. Das hat beim Putzen ganz schön gekitzelt, aber meine Chloe war ein tapferes Mädchen. Die Ärzte dort in der Klinik fanden heraus, dass bei Chloes Immunsystem etwas nicht stimmt, Frauchen hat es erklärt: das ist ein System, das eigentlich den Körper vor bösen, winzig kleinen Bakterien und Viren schützt: Das Immunsystem ist krank und schützt Chloe nicht sondern macht sie krank. Viele Tabletten, viele Fahrten in die große Stadt und viele Monate später hatte sie es geschafft. Es sollten noch viele Hürden vor ihr liegen, aber fürs erste waren wir froh, sie war wieder unser quicklebendiges Mädchen.

Chloe

Chloe, Bendis, Ceres, ganz hinten Flo beim Spielen

Zofe, Apollo, Bendis, Flo, hinter Bendis sitzend Chloe, Ceres stehend beim Dackelwandertag mit Herrchen und Frauchen

Weil Chloe so krank war konnte sie nicht zur Schule gehen. Also bekam sie zu Hause Unterricht von Frauchen, von mir, von Apollo, Zofe, Luna und Flo und natürlich von einer Hundetrainerin. Wir waren ein tolles Gespann, die 7 Zwerge. Es war immer lustig, wenn wir alle zusammen unterwegs waren. Es war nie langweilig, immer war einer da. Meine Mama Zofe, Tante Flo und Tante Luna hatten uns Rasselbande im Griff, mit Geduld und Güte.

Leider mussten wir uns viel zu früh von unserer Luna verabschieden, eine lange Zeit waren wir nun zu sechst.

Mein Bruder Apollo führte nun unser Rudel mit unserer Mama an seiner Seite und Tante Flo. Wir zogen mit Frauchen zu unserem Herrchen in ein kleines Haus. Als unser Frauchen heiratete waren wir alle mit von der Partie.

Bendis, schwarz und Apollo

Apollo Bendis Zofe Flo

Noch ein Umzug stand uns bevor, dann waren wir end-
gültig angekommen.

Aber die Zeit raste weiter dahin und wir wurden älter. Bei
meiner Mama Zofe wurde ein böses Krebstier festgestellt,
unser Frauchen fuhr oft nach Hofheim in eine Klinik. Dort
wurde sie von Spezialisten behandelt, wunderschöne vier

Jahre wurden ihr dadurch geschenkt. Als sie in Frauchens Armen einschlief waren wir sehr dankbar für die Zeit, aber wir haben sie alle furchtbar vermisst. Unser Rudel

Apollo nuckelt bei Zofe am Ohr, dahinter Ceres, dahinter Bendis

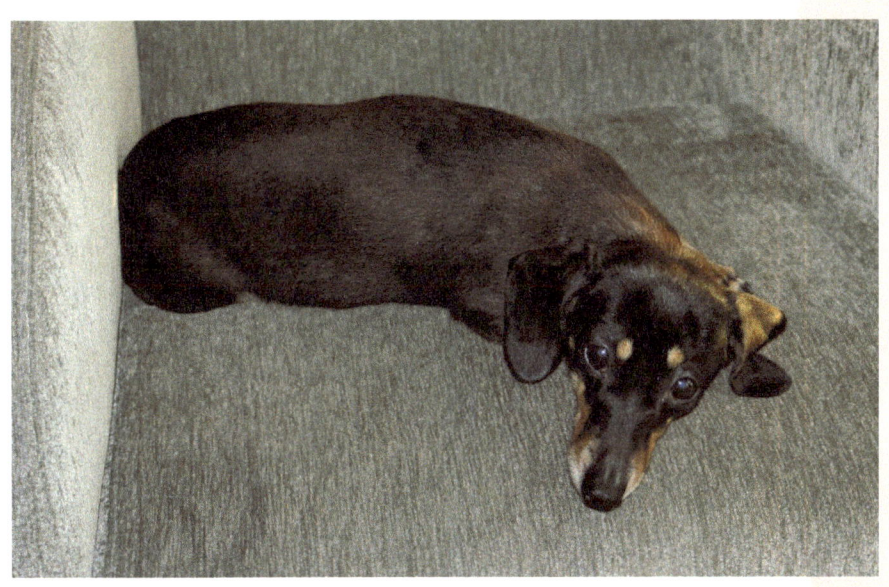

Flo

Flo mit Pokal, sie hat im Alter die Begleithundprüfung bestanden

war nun wieder etwas kleiner geworden. Mein Bruder Apollo hat sie sehr vermisst. Er hat, so erwachsen wie er war, immer zum Einschlafen an ihren Öhrchen genuckelt, aber psst, verratet es nicht.

Flo und Apollo

Ein Jahr später haben wir unsere Tante Flo zu meiner Mama gehen lassen müssen, sie durfte 16 Jahre alt werden, trotz ihrer Magenerkrankung, die sie die letzten Jahre begleitet hat. Sie war unermüdlich, wenn es darum ging uns zu putzen. Unsere Öhrchen waren die saubersten im ganzen Örtchen.

Mein großer Bruder Apollo folgte ihr 6 Monate später. Sein Herzchen war sehr krank und auch er kämpfte mit einem Krebstierchen. Er war der eigentliche Schreiberling unserer Familie, er hat immer Frauchens Praxis mit kleinen Anekdoten und Neuigkeiten und Wissenswertem versorgt. Er hat über unsere kleine Familie geschrieben, es wurde ein Pralinchen nach ihm benannt und ein Schnäpschen. Alles Leckereien für unsere Frauchen und Herrchen. Nicht für uns, sagt mein Frauchen. Er war mein großer Bruder und der Onkel von meinen beiden Mädchen. Ceres hat ihn angehimmelt. Er hat ihnen viel beigebracht und sie beschützt. Er war ein Herzensbrecher, wie er im Buch steht – braune Kugelaugen, Schlappohren und einen Dackelblick, der Steine zum Schmelzen bringen konnte. Seine Eigenart war, Sonntagsmorgens sein Frühstücksei einzufordern, egal wo er sich befand.

Apollo mit Frühstücksei

Ein kleines Knacken der Eierschale und er stand parat. Seine jagdliche Passion, seine unglaubliche Nase, mit der er genau erkennen konnte, welches Futterbröselchen er schon mal im Maul hatte und nicht wollte – genau dieses sortierte er wieder aus, auch wenn es unter einem Berg anderer Brösel lag – all das wird uns sehr fehlen.

Ein paar Monate später zog ein älterer Dackelherr bei uns ein. Apollos Bruder Bony, eigentlich heißt er Ares aus der Götterdämmerung, aber seine neue Familie hatte ihm den Namen Bony gegeben. Seine Familie hatte sich bei Frauchen gemeldet, sie konnten sich nicht mehr um ihn kümmern. Also fuhr unser Frauchen an einem kalten Dezembermorgen ganz früh los, um Bony abzuholen. Aber wisst ihr was, lassen wir ihn doch selber erzählen:

ony erzählt

Hallo ihr Lieben, mein Name ist Bony. Eigentlich heiße ich ja Ares, Ares aus der Götterdämmerung, der ein oder

andere kennt mich vielleicht sogar schon. Mein Brüderchen Apollo hat ja schon einiges aus dem Dackelnähkästchen geplaudert. Ich bin vor 17 Jahren auf die Welt gekommen. Mein Brüderchen und ich wurden an einem kalten Januartag geboren. In den frühen Morgenstunden kamen wir auf die Welt. Unsere Mama Zofe war eine super Dackelmama. Sie hat uns alles nachgesehen und hat sich um uns gekümmert, jedes Wehwehchen hat sie weggeputzt. Mit 9 Wochen bin ich in ein neues Zuhause gezogen, 900 km weit weg von meiner Familie. Zuerst war ich ganz schön traurig, ich habe meinen Bruder und meine Mama und die ganze Familie vermisst. Mit der Zeit wurde es besser und ich habe mich gut eingelebt. Ich teilte mein Heim mit 2 weiteren Fellnasen, 2 Katzen. Ein gutes Jahr später zog mein Brüderchen meine Mama und unser Frauchen ganz in unsere Nähe. Ich war oft bei Ihnen und habe

Apollo und Bony
1 Jahr alt,
im Schwarzwald
zu Besuch

Luna,
Apollo,
Zofe

auch einige Zeit bei ihnen gewohnt, wir sind zusammen in die Hundeschule gegangen und haben so manchen Schabernack getrieben. Die Jahre gingen dahin und wir wurden älter, ich bin oft umgezogen, habe dabei aber nie meine Familie vergessen. Als ich fast 15 Jahre alt war, geschah etwas unglaubliches, ich zog wieder zu meinem Frauchen zurück. Ich hatte mich gerade zu einem Mittagsschläfchen aufs Sofa zurückgezogen, als es an der Tür klingelte, da musste ich als guter Wachdackel natürlich schauen, wer da kommt. Ich bin ins Treppenhaus gedackelt und da stand sie, ich hab geschnüffelt und geschaut, meine Augen sind schon etwas schlechter, aber meine Nase funktioniert tadellos. Diesen Geruch kannte ich, ganz weit her kamen die Erinnerungen zurück. Da stand mein Frauchen. Ich habe mich riesig gefreut, mein Dackelschwänzchen wusste gar nicht wie schnell es wedeln sollte. Kurze Zeit später wurde mein Kissen, meine Treppe und meine Näpfe ins Auto gepackt. Ich durfte nochmal pieseln und dann wurde ich in warme Decken gehüllt und auf los gings los. Nach einer Weile fielen mir meine Augen zu. Plötzlich wurde es ruhiger und das Auto stand. Nanu dachte ich, das ist neu, es gab was zu essen und dann kuschelte ich mich aufs Sofa zur Mama von meinem Frauchen. Ich war in meinem neuen Domizil angekommen. Mein Brüderchen Apollo war vor 11 Monaten über die Regenbogenbrücke zu unserer Mama und Tante Flo gegangen. Nach ein bisschen Eingewöhnung wurde ich meiner kleinen Schwester Bendis und ihren 2 kleinen Mädchen, meinen Nichten Chloe und Ceres vorgestellt. Was für eine große Freude. Meine Nichten sind um mich herum gehüpft und haben mich geputzt, meine kleine Schwester Bendis hat vorsichtig an mir geschnüffelt. Frauchen sagte: „nun mal nicht so wild, Bony ist doch ein alter Herr, nur langsam". Nachdem wir uns alle kennengelernt hatten bin ich wieder zu meiner Familie gezogen. Es war eine tolle Zeit, ich habe mich ganz schnell eingelebt, herrlich gemütliche Körbchen, ein Garten und eine schöne Terrasse. Zuerst musste ich aber operiert werden, ich hatte viele Knubbelchen die entfernt werden mussten, dann wurden meine Zähnchen gerichtet und ich war beim Augenarzt und mein Herzchen wurde untersucht. Nun war ich durchgecheckt. Meine kleinen Nichten haben ab und an mal versucht mich zu necken, aber das hat mich völlig kalt gelassen, habe ich doch die Weisheit des Alters. Die Tage zogen dahin, ein schöner Frühling mündete in einen schönen Sommer. Ich durfte mit zu einem Praxisausflug in die Eifel und habe die Zeit mit meiner kleinen Dackelfamilie genossen. Frauchen hat mich sogar mal mit auf eine Fortbildung mitgenommen, da hat mein Frauchen gelernt. Ich hab es mir gemütlich gemacht und ab und zu die

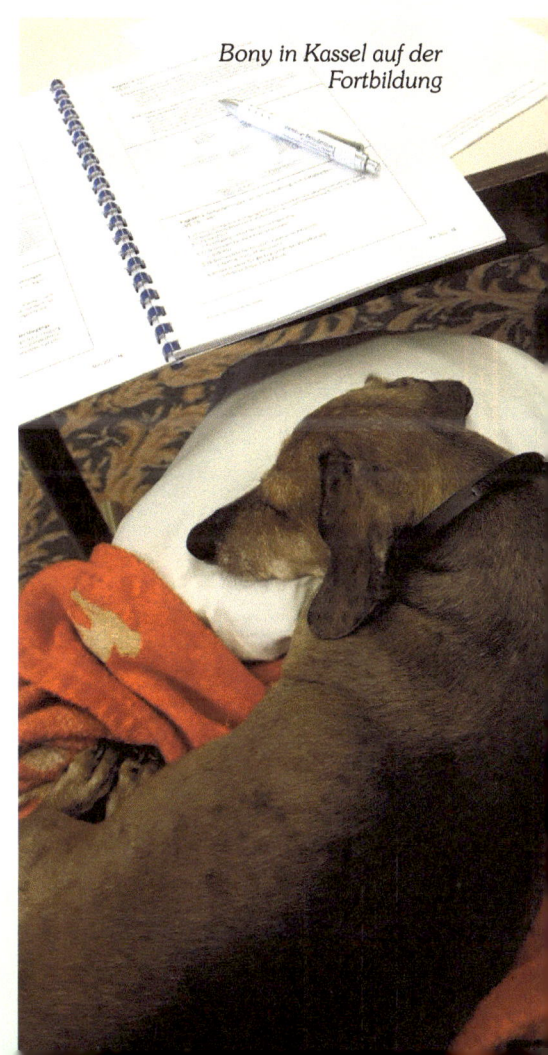

Bony in Kassel auf der Fortbildung

Öhrchen gespitzt. Sogar an das große Meer bin ich gefahren, das war lustig, der Strand, der Sand unter

Bony am Meer

meinen Pfoten und das salzige Wasser, das sich zischend und sprudelnd auf uns zu bewegte. Frauchen hat so ein schönes Wägelchen, da durfte ich mich gemütlich spazieren fahren lassen. Mit meinen beiden Nichten Ceres und Chloe und Frauchen und Herrchen durfte ich mit in ein Wellnesshotel. Frauchen und Herr-

Bony beim Mäuschensuchen

chen hatten 10-jährigen Hochzeitstag. Herrchen hat gesagt, solange hält er es schon mit Frauchen aus und hat dabei gelacht und mir einen Nasenstüber gegeben. Während meine beiden Nichten im Hotelzimmer auf uns gewartete haben, durfte ich mit dem Wägelchen beim Essen und im Restaurant dabei sein. Ich konnte nicht so gut allein bleiben, deswegen hat mich mein Frauchen überall

Bendis und Bony

mit hin genommen. Wo ich nicht hin durfte, ist sie auch nicht hingegangen. So langsam kam der Herbst und die Regenschauer fanden so gar nicht mein Wohlgefallen, aber Frauchen war unerbittlich und hat gesagt: „erst pieseln, dann warmer Kamin". Also schnell pieseln. Auch die Ausflüge auf Herrchens Wiese waren sehr interessant, viele Mäuschenspuren, die es zu beriechen gab.

Das Dackelleben ist schön, alle 4 Wochen kommt eine nette Dame und streichelt uns und massiert uns durch. Frauchen sagt das ist eine Osteopathin, die passt auf eure Beine und Rücken auf, dass es nicht ziept und kneift. Natürlich durfte ich auch bei Frauchen im Bettchen schlafen, ich habe mein eigenes Kissen bekommen und meine kleine Schwester Bendis hat sich an mich gekuschelt.

Ich bin immer der Futterwächter, schon 1 Stunde vor dem Fresschen habe ich mich mal bemerkbar gemacht, damit mich keiner vergisst, ich kann so richtig fordernd sein. Herrchen sagt, mein Organ sei ein enormes – sehr durchdringend und ausdauernd. Dann wurde ich sogar Fotomodel. Frauchen nahm mich mit zum Fotografen. So ganz geheuerlich war mir das zwar nicht, aber Frauchen zum Gefallen, hab ich natürlich mitgemacht, sie war entzückt. Frauchen kuschelt mich und krault meine Öhr-

Bony beim Träumen

*Bony
mit Schwester Bendis*

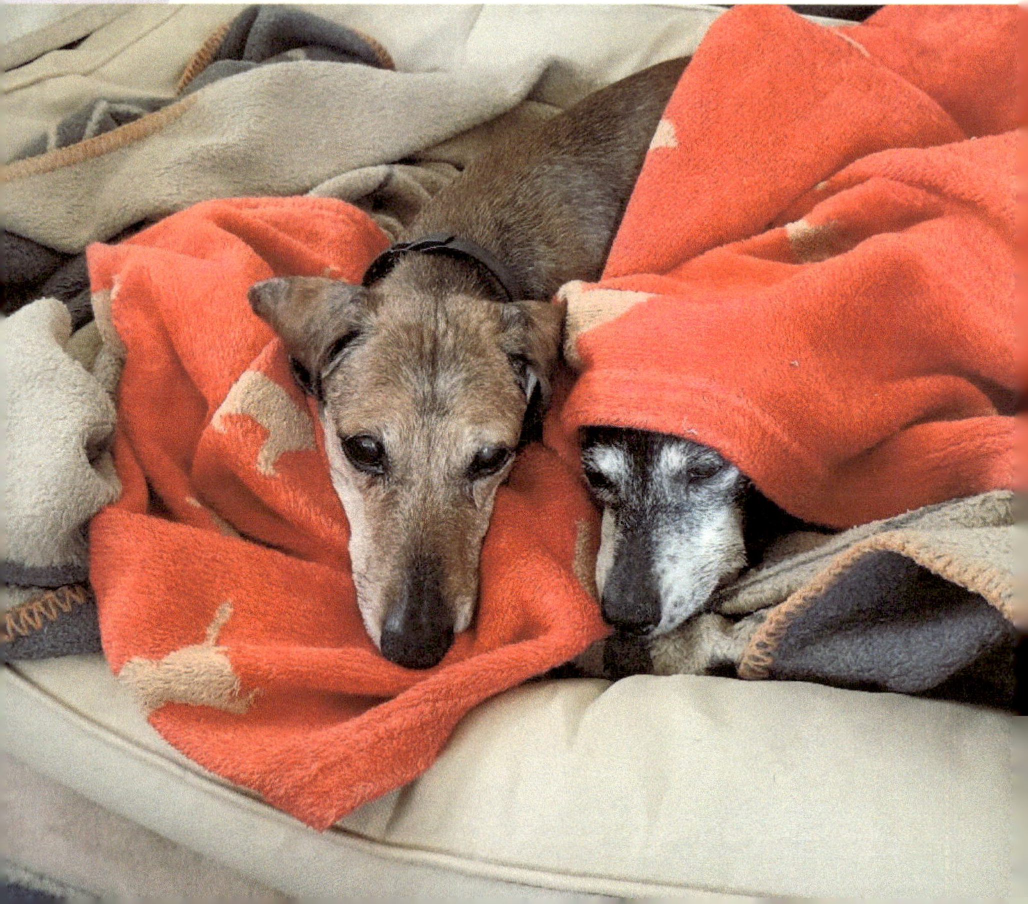

chen und jeden Abend werden meine Zähnchen geputzt. Ich setze mich jeden Abend aufs Sofa und warte, dass sie die Zahnbürste zückt. Die Zahnpasta schmeckt aber auch zu gut. Manchmal wenn ich so richtig viel Spaß habe, gehe ich abends bei der letzten Gassirunde einfach drauf los und dann wandere ich mit Frauchen durch die nächtlichen ruhigen Straßen. Manchmal macht Frauchen mit, manchmal schaut sie mich an und sagt, nein Bony heute ist es zu spät. Bettgehzeit, na gut, im Bettchen kuscheln, auch gut. Mein Frauchen sieht mich manchmal ganz lange an und gibt mir einen Nasenstüber, dann seufzt sie und sagt wie ähnlich ich doch meinem Brüderchen Apollo sehe. Nun ja, wir sind halt Brüder, nur ich bin größer und etwas dicklicher. Aber mein Bäuchlein macht nichts, ein bisschen hab ich ja auch schon abgenommen. Ich bin gespannt, was uns noch so erwartet und genieße die Zeit bei meiner Familie. So meine Lieben, das war meine kleine Geschichte, wie ich nach fast 15 Jahren wieder nach Hause zurückgekehrt bin.

Bendis erzählt weiter

Hier ist wieder eure Bendis. Wir haben uns alle so gefreut, unseren Bony wieder bei uns zu haben und genießen jeden Tag. Aber weiter, ich durfte mit Frauchen ganz allein

in ein anderes Land fahren. Frauchen hat mich eingepackt, ihre Mama war auch dabei. Unsere Dackeloma hat
mich die ganze Autofahrt gestreichelt und gekuschelt. So
konnte ich schön schlafen. Nach einer ganzen Weile kamen wir in einem großen Haus an, einem Hotel in Sankt
Moritz. Dort haben wir ein schönes Zimmerchen bekommen. Ich hatte Frauchen ganz für mich allein, herrlich.
Wir haben eine Zugfahrt unternommen in ein Bergdorf,
dort hat mich Frauchen durch das Örtchen getragen. Ich
habe viel geschnüffelt und neue Eindrücke bekommen.
Die anderen Tage hat mein Frauchen viel gelernt, ich

Bendis im Schweizer Bergdorf

Müde
im Hotelbett

Bendis beim
Blümchen schnüffeln
vor dem Hotel

44

habe mich in mein Wägelchen gekuschelt und habe zu-
gehört. Nach einer Weile sind mir aber meine Äuglein

Bendis, Bony,
Chloe, Ceres

zugefallen und ich habe gemütlich geschlummert. Nach 4 Tagen sind wir wieder nach Hause gefahren. Es hat geschneit und Frauchen musste ganz vorsichtig fahren, aber nach einiger Zeit kamen wir wieder gut zu Hause an. Meine Mädchen haben sich unheimlich gefreut, als wir wieder da waren.

Mein Brüderchen Apollo hat mir immer viel von den ganzen wilden Fellnasen erzählt, die bei uns groß geworden sind und wieder in die Freiheit entlassen werden konnten. Er hat mir von Murkel erzählt, einem Rehbock und seinem Mädchen Fienchen und ihrem Kitz Hopsing. Einem Eichhörnchen namens Fridolin, den Igelbrüdern, der Ente Quackie und vielen kleinen Tauben. Als es ihm schlechter ging hat er mich gebeten ihre Geschichten zu erzählen. Er hat sie alle kennengelernt und wollte das sie ihre Geschichten erzählen, damit sie nicht vergessen werden und die Menschen ein Gefühl für unsere Mitgeschöpfe bekommen. Natürlich dürfen auch unsere 5 Schildkrötendamen nicht fehlen Kunigunde, Brunhilde, Gertrud, Elsa und Emma. Auch sie sollen zu Wort kommen.

Also ihr dürft gespannt sein. Jetzt werde ich mich mal zurücklehnen und mich zu meinen beiden Mädchen kuscheln.

Bühne frei für Murkel:

Murkel – ein Rehkitz erzählt

Hallo ihr Lieben, ich möchte euch eine kleine Geschichte erzählen und zwar meine Geschichte. Ihr wisst nicht wer ich bin? Ich bin Murkel, ein kleiner Rehbock. Mein Leben begann im Wald. Da wo wir Rehe leben. Es war

Murkel,
ca. 1 Woche alt

ein schöner Tag Anfang Mai als ich geboren wurde. Die Sonne schien, Morgentau tropfte von den Bäumen und die Amseln sangen ihr Lied. Als ich das erste Mal die Augen aufschlug sah ich in das Gesicht meiner Mama. Ein paar dunkle Augen sahen mich an und sie leckte mich mit ihrer Zunge trocken.

Ach, die Welt war schön.

Dann kam der Tag, der alles verändern sollte. Meine Mama legte mich in ein Gesträuch, so wie sie es immer tat, wenn sie auf Futtersuche ging. Ich lag da und träumte in den Tag. Plötzlich hörte ich Geräusche und ein merkwürdiger Geruch drang in meine feine Nase. Vor mir tauchten ein paar eigenartige Wesen auf, Mama nannte sie Menschen. Sie liefen auf den Hinterbeinen und waren sehr laut. Sie kamen auf mich zu und ich bekam riesige Angst. Sie riefen: „Oh wie süß, ein Rehkitz! Seine Mutter hat es hier vergessen. Es ist ganz allein." Nein meine Mama hat mich nicht vergessen, sie kommt gleich wieder, wollte ich rufen. Aber ich duckte mich und hoffte, dass sie mich einfach liegen lassen. Ich konnte meine Mama schon riechen. Sie war ganz in der Nähe, ich wusste es genau. Sie traute sich nur nicht zu mir zu kommen, weil sie Feinden meinen Liegeplatz nicht verraten wollte. Da passierte es, diese Menschen fassten mich an und hoben mich hoch. Sie nahmen mich einfach mit! Ich schloss die Augen und wagte nicht mich zu bewegen.

Es rumpelte und wackelte, dann wurde es still. Ich öffnete meine Augen. Ich war nicht mehr in meinem Wald. Ich lag in einem Raum. Sie stellten sich vor mich, sie waren riesig, und überlegten, was sie nun mit mir machen sollten. Ich hatte entsetzliche Angst und fürchterlichen Hunger. Ich wollte nur zu meiner Mama. Nachdem versucht wurde, mir etwas zu essen zu geben und ich nicht wollte, waren sie ratlos. Ich wurde wieder eingepackt und dass Gerumpel begann von neuem. Diesmal wurde ich in eine Tierarztpraxis gebracht. Hier werden Tiere hergebracht, die krank sind. Ich hörte, wie ein Mensch mit weißem Fell erklärte, dass wenn Rehkitze angefasst werden, ihre Mütter sie nicht mehr annehmen, da sie nach Mensch riechen. Mir wurde ganz schwummrig. Ich sollte meine Mama nie wieder sehen!

Die Menschen, die mich aus meinem Zuhause gerissen hatten, verschwanden. Es wurde dunkel und ich rollte mich hungrig und ängstlich zusammen.

Nach einer Weile öffnete sich die Tür und ein Lichtstrahl fiel auf mich. Ich blinzelte und sah in ein Gesicht. In ein liebes Gesicht, sie roch nach Wald, hatte rotes Fell auf dem Kopf, grüne Augen und sagte:" Na komm mein Kleiner, wir fahren nach Hause." Nach Hause, das klang gut. Etwas lautes Grünes brachte mich in meine neue Zukunft. Ich war sehr gespannt.

Ich bekam eine Gemüsekiste, die mit Blättern, Gras und duftigem Heu ausgelegt war. Endlich gab es auch etwas zu Essen. Es war köstlich, nicht so gut wie bei meiner Mama, aber fast. Meine neue Mama massierte mein Bäuchlein nach dem Essen, damit ich Pipi und ein Häufchen machen konnte. Ohne unsere Mütter können wir das in den ersten Wochen nicht allein. Alle 2 Stunden kommt meine Ersatzmama, gibt mir zu Essen, massiert mich und spielt mit mir. Manchmal sieht meine Mama sehr müde aus, aber sie und ein anderer großer Mensch kümmern sich gut um mich. Wenn sie bei mir ist krabbele ich auf Ihren Schoß, lecke ihr Gesicht und ihr Fell. Sie lacht dann immer.

Mittlerweile bin ich eine Woche alt. Heute habe ich das erste Mal Blättchen geknabbert. Gar nicht schlecht. An meinem Schlafplatz habe ich ein Schälchen Wasser und

Murkel beim Sand fressen
(Juni)

ein Schälchen Sand stehen. Den Sand brauche ich für meine Verdauung.

Draußen wird es immer wärmer. Heute war ein schöner Tag. Ich durfte endlich nach draußen. Meine neue Mama tobte mit mir durch eine kleine grüne Oase, die sie Garten nannte. Was es da alles zu entdecken gab. Ich tobte wie ein ausgelassener Springbock durch den Garten. Der andere Mensch der sich um mich kümmert, ist riesig groß und hat immer so ein stinkendes qualmendes Ding im Mund. Aber er krault mir meine Ohren und füttert mich.

Inzwischen darf ich länger draußen bleiben und an grünen Blättern, Kräutern und Blumen knabbern.

Einige Blumen sind sehr verlockend, aber meine Mama schimpft wenn ich daran gehe. Also tue ich immer so als ob ich fressen will, dann kommt sie angerannt und ich hopse davon. Ein schönes Spiel.

Heute geht es mir nicht so gut. Ich habe Bauchweh und gar nicht so viel Hunger. Meine Mama macht ein ernstes Gesicht und gibt mir eklig schmeckende Medizin. Igitt, sie ist unerbittlich. Aber mir geht es schon viel besser. Manchmal juckt es hinter meinen Ohren und ich versu-

Murkelbett

che mich zu kratzen, hm, es ist schon schwierig meine Beine zu koordinieren. Eine wackelige Angelegenheit. Die Zeit vergeht wie im Flug. Es geht von Tag zu Tag besser und jetzt kann ich sogar schon meinen kleinen Po allein putzen.

Der große Tag meines Umzugs ist heute gekommen. Das Wetter wurde immer schöner und so konnte ich draußen in den Garten umziehen. Ich habe dort ein Häuschen mit Stroh, das war pieksig, und einer Futterbank. Da steht mein Schälchen mit all den Leckerein, die ich so mag: Möhren, Bananen, Klee, Birkenblätter, Haselnussblätter, Brombeer-, und Himbeerblätter und ab und zu Weintrauben.Die Banane und die Träubchen kriege ich aber nur selten, dazu gibt es Aufzuchtspelletts.

Ich habe hier auch Nachbarn. Heute hatte ich Igelbesuch und auf meinem kleinen Teich sind 10 kleine Ent-

Mama Ente...

... und die Kleinen

chen geschlüpft. Die sind aber schon umgezogen. Weil ich so ungern auf dem pieksigen Stroh liege, hat meine Mama mir schönes duftendes Heu darüber gelegt. So ist sie nun mal.

Ich bin jetzt 3 Wochen alt und habe das erste Mal ganz allein gepullert und mein Nabelrest ist abgefallen. Das erste Gewitter habe ich auch gut überstanden. Was ich nicht leiden kann ist Lärm und fremde Menschen. Ich akzeptiere nur meine 2 Menschen. Seid neuestem wächst etwas auf meinem Kopf. Es fühlt sich sehr eigenartig an. Wenn meine Mama daran krabbelt ist das sehr angenehm. Sie sagt, mir wächst da ein Gehörn.

Jetzt bin ich 4 Wochen alt und wiege 5 kg. Meine Mama bürstet mir mein Fell, das habe ich sehr gern. Das Kratzen am Kopf und das Herumtoben klappt immer besser. Meine Beine sind kräftig und mein Fell schön weich und warm. Ich schlafe gern in meinem Haus und das Stroh ist auch nicht mehr pieksig. Jeden Abend kommt ein Igelchen vorbei und besucht mich. In der Tränke im Garten blubbere ich beim Trinken kleine Blasen.

Heute hatte ich einen unliebsamen Besuch. Auf den Blümchen schwirrt und brummt es. Also ging ich hin, mir das Summsen und Brummsen anzusehen. Plötzlich

piekte es und tat schrecklich weh. Ich sauste durch den Garten, um das Tier loszuwerden. Mama meinte, mich hätte eine Biene gestochen. Sie machte kalte Umschläge, dann wurde es besser. Jetzt halte ich mich fern von diesen Brummern. Mittlerweile bin ich 7 Wochen alt und wiege 8 kg. Ich darf schon allein im Garten sein. Wenn meine Pflegemama nicht da ist, verstecke ich mich unter einem Haselnussstrauch. Wenn sie wiederkommt, rieche ich sie oder sie ruft mich. Ein bisschen Strecken und Recken und dann gibt es Essen. Ohne meine Milch geht es nicht. Ich fresse natürlich auch ganz viel Grünes, aber nur wenn es frisch ist. Mama meint ich bin verwöhnt, dann lacht sie und mein anderer Mensch geht los und pflückt neue Brombeer- und Himbeerblätter.

Wenn meine Menschen bei mir sind darf ich überall mit hin. Heute war ich sehr mutig und habe mich dem grünen Ungetüm genähert, mit dem ich hier angekommen bin. Am schönsten ist es, wenn sie mir die Hörnchen kraulen und mit mir toben. Jetzt bleibt mein Gehege auch nachts offen, so dass ich rein und raus kann wie ich möchte. Auf meinem Gehege werden jeden Mittag kleine Tauben gefüttert, die auch hier groß geworden sind. Nun sind sie erwachsen und kommen nur noch zum Mittagessen vorbei.

Meine Flecken verschwinden so langsam, ich bin 10 Wochen alt und wiege 11 kg.

Ich kämpfe mit meinem großen Menschen und habe viel Spaß. Es gibt aber auch Tage, da ist es kalt und reg-

nerisch. Da bin ich in meinem Häuschen und liege auf meinem Strohbett. Ich kann schon sehr hoch springen und abends mache ich meine Runden um den Teich, bis mir meine Zunge raushängt.

Ich bleibe jetzt schon viel allein. Heute habe ich mir wehgetan. Meine Nase hat geblutet und mein Kopf hat geschmerzt. Es war laut, ich habe mich erschrocken und bin gegen meine Tür gehopst. Alle haben um mich herumgestanden und mich gestreichelt. Da wurde es schnell besser.

Der Sommer verging wie im Fluge und es wurde September. Ich wechselte mein Fell und genoss die warmen Sonnenstrahlen. Meine Tage waren ausgefüllt mit Fressen, Spielen, Toben und Dösen.

Es wurde immer kälter und die Tage kürzer. Ich bekam immer weniger Milch und meine Mama wurde immer trauriger. Eines Tages sagte sie, dass ich nun bald so weit wäre. Ich fragte mich wofür wohl? Dann kam der Tag. Ich stieg in eine Holzkiste und wurde wieder in das grüne Ungetüm verladen. Mama streichelte mich und sagte, dass es mir bestimmt gefallen wird. Dort wären noch andere Rehe und ich wäre nicht mehr so allein. Aber ich war doch nicht allein. Ich war gespannt.

Das grüne Ungetüm hielt und meine Kiste wurde geöffnet. Es war ein Wald, alles roch neu und ich bekam es mit der Angst zu tun. Mama und mein großer Mensch waren da und liefen mit mir durch die Gegend. Hm, vielleicht doch nicht so schlecht. Mama sagte, ich soll tapfer sein und sie kämen mich besuchen. Dann ging sie weg. Na ja. Sie kommt bestimmt gleich wieder. Ich rief, aber sie kam nicht. Stattdessen kamen andere Menschen und brachten Futter. Das roch ganz anders und schmeckte scheußlich. Es war grässlich. Ich vermisste meine Menschen entsetzlich. Die Frau, die sich hier um mich kümmerte, war ganz betrübt, dass es mir nicht gefiel. Ich wurde immer dünner. Sie sagte, so kann es nicht weitergehen, mit den anderen Rehen ging es nicht, sie konnten mich nicht leiden. Eines Tages, ich lag in Gedanken versunken im Gebüsch, schnüffelte ich. Diesen Geruch kannte ich ganz genau. Meine Mama, mein anderer Mensch und die Kiste. Ich durfte wieder mit nach Hause. Ich stieg ein und los ging es.

Ich war wieder zu Hause. Warme Milch, leckeres Essen, Bürsten und Hörnchenkraulen. Ich erholte mich schnell und fühlte mich pudelwohl. Meine Mama sagte, sie würden mich nie wieder weggeben. Ich erlebte meinen ersten Schnee. Kleine weiße Flocken die auf meiner Nase schmolzen. Es gab Rüben, Bananen und allerhand Leckereien. Der Winter ist kalt, aber mein Fell hält mich schön warm und ich habe mein Strohbett. Der Frühling kommt dieses Jahr spät. Meine Mama sagt, sie haben eine Überraschung für mich. Ich bin jetzt ein Jahr alt und habe ein kleines Gehörn und schönes Fell. Ein Umzug stand mir bevor. Ich bekam ein eigenes Waldstück. Es ist fast wie der Wald in dem ich geboren wurde. Ich kann toben und Laufen, habe meine eigene Wasserstelle und kann mich verstecken. Vieles war neu für mich.

Fienchen

Auf dem kleinen Teich im Nachbargehege zog eine kleine Ente namens Quackie ein, aber das erzählt sie euch selber. Viele Bienenvölker standen neben meinem Gehege und summten und brummten durch die Luft, ich beobachtete sie ganz genau, aber sie hatten nur Interesse an den Blüten.

Das Frühjahr kam und brachte viele ungewohnte Gerüche. Auf einer Wiese gegenüber standen Rehe genau wie ich. Jeden Abend stand ich am Zaun und sah hinüber. Meine Menschen sagten, sie würden sehen was sie für mich tun können. Ein paar Tage später brachte das Grüne Ungetüm eine Kiste. Sie sah aus wie die, in der ich verreist war. Oh Schreck, sollte ich mein kleines Paradies wieder verlassen.

Nein, aus der Kiste stieg – ein schickes Rehmädchen. Sie hatte das gleiche Schicksal wie ich erlitten. Menschen hatten sie im Wald gefunden und mitgenommen. Da wir an den Menschen gewöhnt sind, können wir nicht mehr allein in den Wald. Fienchen, so hieß die kleine Rehdame, war genauso alt wie ich. Sie war schlank, hatte seidiges rotbraunes Fell und braune Augen. Wir verstanden uns prächtig. Meine Menschen und Fienchens Menschen waren froh. Der Sommer ging ins Land, der Herbst kam und der Winter. Uns ging es gut, meine Menschen kamen täglich vorbei, um nach uns zu sehen.

Mein neues Gehörn wächst und Fienchen wird immer runder. Der Frühling kommt, alles blüht und grünt. Die Sonne scheint, und wieder beginnt der Kreislauf des Lebens. Die Sonnenstrahlen dringen durch den Wald, Morgentau tropft von den Bäumen. Die Amseln singen ein Lied und Fienchen bringt ein gesundes Kitz zur Welt.

Das Kitz schaut hoch und blickt in die braunen Augen seiner Mutter, die es mit ihrer Zunge trocken leckt. Ich

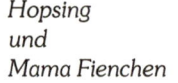

*Hopsing
und
Mama Fienchen*

stehe weiter weg
und schnuppere in
die Morgenluft. Ein
paar Wochen spä-
ter sehe ich meinen
kleinen Sohn das
erste Mal. Er kann
wie ein normales
Kitz groß werden.
Kein Mensch wird
ihn berühren und
seiner Mama weg-

nehmen. Meine Menschen haben ihm den Namen Hopsing gegeben, weil er wie ein Hopser durch den Wald springt. Er wächst und gedeiht. Wenn er groß genug ist, darf er in den Wald zurück aus dem wir gekommen sind. Hier endet meine kleine Geschichte. Ich lebe mit meinem Fienchen bei meinen Menschen im Wald. Ich genieße nach wie vor meine Streicheleinheiten. Auch wenn ich meine Ersatzmama nicht oft sehe, erkenne ich sie immer, sobald sie mich besuchen kommt. Es gibt auch Zeiten da bin ich ungenießbar. Die sind im Sommer. In der Zeit ist Paarungszeit bei uns Rehen. Ich verteidige mein Revier und mein Fienchen. Meine Menschen lassen mich in der Zeit in Ruhe. Ist die Zeit vorbei, bin ich wieder lieb. Meine Menschen kraulen mir die Ohren und sind froh, dass es uns gut geht. Wir hoffen, dass meine kleine Geschichte dazu beiträgt, uns Kitze im Wald zu lassen und uns nicht anzufassen. Unsere Mütter sind nie weit von uns weg. Sie behüten uns genauso wie eure Mamas und Papas euch behüten. Wenn ihr ganz ruhig durch den Wald geht werdet ihr viel entdecken und erleben. Vielleicht werdet ihr sogar mal meinen kleinen Hopsing durch den Wald hopsen sehen.

Bis dahin euer Murkel.

Murkel

Ja meine Lieben, das war die Geschichte von unserem kleinen Murkel. Rehe sind sehr schwierig in Gefangenschaft zu halten, sagt unser Frauchen, sie sind sehr speziell in ihren Fressgewohnheiten. Unser Frauchen sagt, sie hat viel von ihnen gelernt. Apollo hat erzählt, dass er und das Rudel Murkel nicht bemerkt haben, Kitze haben keinen Eigengeruch, erst mit 7 Monaten hat unsere Mama Zofe ihn erschnüffelt. Vorher sind sie an ihm vorbeigelaufen und haben nichts gemerkt.

Mein Brüderchen Apollo hat Euch ja schon von seinen Erlebnissen mit Quackie erzählt, jetzt wollen wir unsere kleine Schnatterente selber zu Schnabel kommen lassen.

Quackie – ein Entenküken erzählt

Hallo meine lieben Federfreunde, mein Name ist Quackie. Ich bin ein Stockentenküken, wir schlüpfen im Frühjahr aus unseren Eiern und unsere Mamas bauen ihre Nester manchmal hoch oben in alten Baumhöhlen, auf Dächern oder auf dem Boden. Es ist ganz schön anstrengend, sich aus dem Ei zu pellen. Mit einem kleinen

Eizahn picken wir von innen die Schale auf und schlüpfen. Nach einer kleinen Weile, wenn wir getrocknet sind, sehen wir aus wie kleine flauschige gelbe Federbäuschchen. Wir können sofort laufen, das Schwimmen können wir auch schon, müssen es aber üben. Unser Gefieder wird anfangs noch nass. Es dauert ein bisschen bis wir einen Schutzfilm haben, der das Wasser abperlen lässt. Also müssen wir immer wieder aus dem Wasser raus, um zu trocknen.

Es war Frühling als ich mein Schnäbelchen aus dem Ei gesteckt habe. Mit sechs anderen Geschwistern bin ich geschlüpft. Als wir soweit trocken waren, watschelten wir unserer Mama hinterher. Sie wollte zum nächsten Teich, nur mussten wir über so einen harten Weg, Mama wurde ganz unruhig, ständig brummten so stinkende Ungetüme an uns vorbei, dann auf einmal sauste sie los und wir alle hinterher. Ich war ganz am Schluss und plötzlich tauchte wieder so ein Ungetüm auf, ich duckte mich und machte mich ganz klein. Ich wartete ein bisschen, dann schaute ich ganz vorsichtig hoch, nanu keine Mama, keine Geschwister, ich rief und lief hin und her, aber keiner antwortete. Auf einmal fiel ein großer Schatten auf mich, ich machte mich wieder ganz klein, vielleicht sieht man mich ja nicht.

Da wurde ich hochgenommen und in eine Kiste gesetzt. Nach einer Weile fiel ein Lichtstrahl hinein. Ich wurde wieder hochgenommen und angesehen. Das müssen die Menschen sein von denen Mama erzählt hat. Ich wurde wieder in die Kiste gesetzt, nach einer Weile wurde ich wieder rausgeholt, ich war wieder an dem Teich. Aber wo waren meine Mama und meine Geschwister? Der Mensch mit den roten Federn auf dem Kopf und den grünen Augen suchte den Teich ab, aber meine Mama war schon weggeschwommen. Sie schaute mich an und sagte, nun dann kommst du mit zu uns. Ich kuschelte mich in ihre Hand, so langsam hatte ich ganz schön Hunger.

Ich bekam ein gemütliches Gehege und ein kleines Plüschtier, mit dem ich kuscheln konnte, damit ich nicht so allein war. Endlich gab es auch etwas zu Essen. Um mein Gehege herum hüpften irgendwelche schlappohrigen Tierchen und machten einen Höllenlärm. Meine neue Mama beruhigte die Rasselbande und schon wurde es ruhiger.

Die Zeit verging und draußen wurde es immer wärmer. Meine neue Mama baute mir ein größeres Gehege mit eigenem Wasserbecken. Ich wurde größer und lernte wie man gründelt und taucht und sich sein Essen sucht.

Dazu setzte Frauchen ihren Garten unter Wasser und ich hüpfte und planschte mit meinen Watschelfüßchen in den Pfützchen, dabei wurden Insekten und Käferchen aufgescheucht, die ich dann mit meinem Schnäbelchen aufschnabeln konnte.

Eines Tages, meine Mama hatte gerade mein Gehegen aufgemacht, kam so ein schlappohriges Ungetüm auf mich zu, na dir werde ich, dachte ich und machte mich groß und wedelte mit meinen Flügeln. Das kleine Schlappohr rannte laut quietschend davon. Meine

Mama rief ihn: „Apollo, komm her", und dann nahm sie ihn auf den Arm und hat ihn getröstet. Ich bin ganz stolz davon gewatschelt.

Nach einer Weile wurde mir auch dieses Gehege zu klein und meine Mama sagte, es wird Zeit ganz erwachsen zu werden. Ich wurde wieder in ein Kistchen gesetzt und wir fuhren in so einem stinkenden Ungetüm zu meinem neuen Zuhause.

Es befand sich in einem Wald, ein eigener kleiner Teich mit einem Entenhäuschen, das war schön mit Stroh ausgelegt. Mein Nachbar war ein kleiner Rehbock namens Murkel. Hier sollte ich lernen wie ich in der Natur ohne meine Mama leben kann. Ich hörte bekannte Geräusche, so ein Geschnatter, das kam mir bekannt vor. Ganz in der Nähe meines Domizils befand sich ein Flüs-

schen namens Oertze. Hier lebten viele Enten. Eines Tages kam meine Mama und wir sind zu diesem Flüsschen
gegangen. Sie hat mein Köpfchen gestreichelt und mir

noch ein bisschen Futter verstreut, dann hat sie mich in das Flüsschen gesetzt. Das Geschnatter wurde lauter. Das musste ich mir ansehen. Meine Mama lief neben dem Flüsschen her und ich schwamm hinter ihr her. Auf einer Brücke stand sie und schaute zu mir, ich hatte sie erspäht, und wollte zu ihr. Da auf einmal dicht neben der Brücke – da waren sie, die anderen Enten. Das war es, was meine Mama wollte. Sie winkte mir zu und ich blieb auf dem Flüsschen. So hatte meine Irrfahrt ein gutes Ende genommen. Wenn ihr mal kleine Entenküken auf einem Teich seht, dann denkt an mich und meine kleine Geschichte.

Das war die kleine Geschichte unserer Quackie, und auch wenn mein Brüderchen Apollo es nie zugegeben hatte, da war ihm sein kleines Dackelherz ganz schön in die Hose gerutscht, als Quackie auf ihn zu gerannt kam.

Aber Quackie sollte nicht die Letzte sein, die ein vorübergehender Gast war. Eines Tages zog ein kleines buschiges, rotes Tierchen bei uns ein. Apollo erzählte, dass es sich um ein Eichhörnchen handelte, diese witzigen kleinen Tierchen, die durch die Baumwipfel springen. Es bekam den Namen Fridolin und das ist seine Geschichte.

Fridolin –
ein Eichhörnchen erzählt

Hallo meine lieben Freunde, ich heiße Fridolin und bin ein Eichhörnchen. Wir leben in den Bäumen und sind wahre Kletterkünstler. Wir kommen in Kobeln zur Welt, kleine aus Ästen bestehende Kugeln. Unsere Mamas ernähren uns die erste Zeit mit Milch. Wir sind ganz winzig und nackt, wenn wir auf die Welt kommen. Nach 32 Tagen öffnen wir unsere Augen und entdecken unsere Umgebung. Ich hatte 2 weitere Geschwister. Als wir eines Tages vorsichtig unsere Umgebung erkundeten, war meine Mama plötzlich ganz aufgeregt. Sie hat gerufen und ist hin und her gehüpft. Meine beiden Geschwisterchen sind ganz schnell in unseren Kobel gehuscht. Ich war ein bisschen vorwitzig und plötzlich rutschte ich ab und lag im Gras. Meine Mama hat gerufen und gerufen. Da hörte ich plötzlich ein bedrohliches Knurren. Ich habe mich ganz klein gemacht und die Augen geschlossen. Da hörte ich jemanden „husch husch" rufen und „gehst Du weg". Dann wurde ich vorsichtig in die Höhe

gehoben. Ganz vorsichtig öffnete ich die Augen. Eine Stimme sagte zu mir, du brauchst keine Angst zu haben, die Katze ist jetzt weg. Nur leider konnte ich nicht mehr zurück zu meiner Mama, der Baum war zu hoch und die Gefahr, dass die Katze noch in der Nähe lauerte war zu groß. Also bekam ich ein neues Zuhause. Ich bekam eine Voliere und wurde mit spezieller Milch und Sämereien gefüttert. Als ich größer wurde, haben wir Ausflüge in den Wald unternommen und meine Voliere wurde dorthin umgesiedelt. Ganz allmählich unternahm ich allein Ausflüge, ich kam aber immer noch wieder zurück. Mein Frauchen versteckte überall Futter und Nüsse, ich habe alles erschnüffelt und mir selber mein Fresschen gesucht. Die Zeit verging und ich wurde immer größer und selbstständiger. Frauchen kam nur noch selten, immer wenn sie zu meinen Nachbarn, Rehbock Murkel und Ente Quackie kam, schaute sie bei mir vorbei.

*Fridolin
bei Frauchen
auf dem Arm*

Ich blieb aber jetzt in den Bäumen und schaute von oben herunter. Sollte euch mal ein kleines Eichhörnchen über den Weg laufen, dem ihr helfen müsst,

gebt es immer in fachkundige Hände. Wir sind keine Haustiere und wollen wieder in die Natur, aus der wir kommen. Nur da sind wir wirklich glücklich.

Apollo hat erzählt, der Fridolin war ein ganz ein wilder, aber nicht vergessen: Wildtiere sind keine Haustiere.

Es lebten auch viele kleine Federtiere bei uns. Ganz oft fielen Taubenküken aus dem Nest und wurden in die Praxis gebracht, in der Frauchen arbeitete. Sie hat sie dann immer mitgenommen und großgezogen. Im Garten hatte sie bei Murkel ein Gartenhäuschen, da zogen die Flattertiere ein, wenn sie größer wurden. Eines Tages hat Frauchen dann die Tür offen stehen lassen, so dass sie rein und raus konnten wie sie wollten. Auch als sie schon groß und flügge waren, kamen sie immer pünktlich gegen Mittag heim und haben sich ihr Futter abgeholt. Als es Herbst wurde zogen sie mit den Taubenschwärmen davon.

Das ist unser Taubi – warten aufs Mittagessen

Im Herbst wurde es pieksig bei uns, aber lassen wir die pieksigen Herren selber erzählen.

Die Igelbrüder

Hallo liebe Leser, wir stellen uns einfach mal vor. Wir sind drei kleine Igelchen, 200 g schwer und noch zu klein, um allein den Winter zu überstehen. Wir sind im späten Sommer geboren. Unsere Mama hat sich gut ums uns gekümmert. Eines Tages gingen wir in der Dämmerung mit unserer Mama auf einen Abendspaziergang, bei dem sie uns zeigte was es so für Köstlichkeiten zu futtern gibt. Sie brachte uns alles bei, was wir so als kleine Igelchen wissen müssen. Als wir uns auf dem Rückweg zu unserem Zuhause befanden, mussten wir über einen harten ungemütlichen Weg laufen, erst mussten wir eine Wand runter rutschen und dann auf der an-

deren Seite wieder hoch. Das war für unsere kleinen Igelfüßchen ganz schön anstrengend. Unserer Mama war ganz aufgeregt, da hörten wir in der Ferne ein brausendes Geräusch, das kam immer näher und knatterte bedrohlich. Wie uns unsere Mama gesagt hat, haben wir uns zu einer Kugel zusammengerollt. Mama hat gesagt, dann kann uns nichts passieren. Wir haben es plötzlich quietschen gehört, dann gab es einen dumpfen Schlag und das Knatterungetüm brauste davon. Wir haben ganz vorsichtig unsere Augen wieder aufgemacht. Hm, alles schien okay. Wir haben nach unserer Mama Ausschau gehalten. Erst ein wenig später haben wir sie gesehen. Ah zum Glück nichts wie hin. Aber etwas stimmte nicht, wir haben sie angestupst, aber sie hat sich nicht bewegt. Sie wollte nicht mit uns mitgehen. Einer meiner Brüder schnüffelte an ihr und da war etwas warmes an ihrem Schnäutzchen. Ein kleiner Blutstropfen kam aus ihrem Näschen. Wir wussten gar nicht was wir machen sollten. Wir irrten eine Weile hin und her und es wurde immer heller. Plötzlich knattertes es wieder, wieder kuschelten uns ganz dicht zusammen. Diesmal wurde es ganz still und wir wurden in die Höhe gehoben und in ein warmes Kistchen gelegt. Dann knatterte es wieder los. Nach einer Weile stoppte das Gefährt. Wir waren in unserem

neuen Zuhause angekommen. Wir haben ein gepolster-
tes Nest bekommen ein Wasserschälchen und auch was
zu essen. Wir wurden jeden Tag gewogen, vermessen
und gesäubert. Wir Drei waren eine ganz schöne Ras-

selbande, wir haben unser Zuhause ordentlich auf den Kopf gestellt. Wie oft mussten wir morgens eingesammelt werden, weil wir mal wieder ausgebrochen waren. Wir wurden schwerer und so langsam waren wir schwer genug, um in den Winterschlaf zu gehen. Die Temperaturen wurden kühler und unser Häuschen wurde noch mehr ausgepolstert und irgendwann haben wir es uns gemütlich gemacht, uns eingerollt und geschlafen. Als es draußen wieder wärmer wurde und der Frühling ins Land kam, wurden wir wieder wach. Wir streckten und reckten uns und schnupperten mit unseren Näschen die laue Frühlingsluft. Nachdem es draußen für uns nicht mehr zu kalt war, wurden wir wieder in die Natur entlassen. Wir haben ein neues Gebiet bezogen ohne diese knatternden Ungetüme, mit viel Würmern und Schnecken und Obstbäumen.

Oft verlieren wir kleinen Igelchen unsere Mamas durch die knatternden Ungetüme, solltet ihr mal ein kleines Igelchen allein antreffen, schaut erst, ob wir es nicht allein schaffen könnten. Wenn wir zu leicht sind, dann bringt uns zu den passenden Stellen, die uns dann auch wieder in die Natur zurückbringen, wenn wir alt genug sind. Passt auf, wenn ihr mit euren brausenden Ungetümen unterwegs seid, wir Igelchen leben in eurer Umgebung und unsere Stacheln sind nicht stark genug, ein Auto zu überleben.

Die kleinen pieksigen Stachler waren schon ganz witzig, mein Bruder Apollo hat erzählt, dass sie gegrunzt und geraschelt haben. Er hat immer eine lange Nase gemacht, aber Frauchen hat gesagt: „Poldi das sind keine Spielgefährten für Dich, das piekst in der Nase und dann musst Du wieder jammern". Dabei hat sie ihm das Köpchen gestreichelt.

Apollo hat euch ja schon ein bisschen was von unseren 3 Schildkrötendamen erzählt. Nun wollen wir sie selber zu Wort kommen lassen.

Drei Schildkrötendamen ziehen ein

Hallo, wir sind 3 Griechische Landschildkröten, unsere Namen sind Kunigunde, Brunhilde und Gertrud. Wir sind alle 3 in einem Brutapparat geschlüpft. Das ist ein Gerät, in dem die Temperatur ganz gleichmäßig warm gehalten wird, damit wir uns in unseren Eierchen entwickeln können. Unsere Mama hat uns in einen Eihügel abgelegt, daraus sind wir dann in den Apparat gelegt worden. Im Abstand von ein paar Tagen sind wir geschlüpft. Wir waren so klein wie ein 2-Euro-Stück.

Kunigunde

Hinten Gertrud, vorn Brunhilde

Brunhilde, Gertrud, Kunigunde, von vorn

Nachdem wir uns an die neue Umgebung gewöhnt hatten und langsam die Umgebung inspiziert haben und angefangen hatten zu fressen, stand ein Umzug ins Haus. Wir zogen alle zu unserem neuen Frauchen. Dort

bekamen wir ersteinmal ein Terrarium mit schönem Sand, warmer Sonne und leckerem Fresschen. Wir haben Hibiskusblüten, Salat viele verschiedenen Sorten, Kräuter und Löwenzahn bekommen. Wir haben alles in uns reingestopft, wir wollten ja wachsen und groß werden. Nach 2 Jahren zogen wir erneut um, das war sehr aufregend, wir haben ein Außengehege bezogen. Hier durften wir den ganzen lieben Tag draußen verbringen. Wir haben unser eigenes kleines Gewächshaus bekommen, in das wir nachts zum Schlafen gegangen sind. Draußen plätscherte ein kleiner Bachlauf, damit wir immer frisches Wasser hatten. Wir haben Kräuter und Pflanzen gefunden, die herrlich geschmeckt haben. Im Winter haben wir uns tief in die Erde eingebuddelt, um genüsslich ein Winterschläfchen zu halten. Im Oktober sind wir abgetaucht und im April buddelten wir uns wieder aus. Ganz langsam und gemütlich inspizierten wir unser Gehege, um zu schauen ob noch alles beim Alten ist. Eines Tages saß da plötzlich eine kleine Schildkröte bei uns im Gehege. Wir haben sie in Augenschein genommen und nach einigem Überlegen, haben wir es für gut befunden. Also zog Elsa bei uns ein und wurde ein angestammtes Mitglied unserer Schildkrötenfamilie.

Elsa

Emma klein, Brunhilde groß

Emma klein, Elsa und Brunhilde

Gertrud

Noch eine Weile später kam noch Emma dazu und unser Quintett war komplett. Wir teilen unser Gehege mit netten Eidechsen, die sich zwischen den Steinen niedergelassen haben und vielen zahlreichen Amseln, Meisen und frechen Spatzen, die sich in unserem Bachlauf baden und planschen. Viele Insekten summen und surren durch die Blümchen und holen sich ihr Wasser. So genießen wir unsere Zeit und wandern seelenruhig durch unser Gehege, immer wachsam und zu jedem Spaß zu haben. Am liebsten haben wir es, wenn Herrchen uns die Köpfchen krault, da drücken wir uns dagegen und lassen uns schubbern. Wenn Herrchen mit offenen

Schuhen kommt, versucht Brunhilde mal in den großen Zeh zu beißen, dann ist er immer ganz schnell wieder draußen. Wir stellen uns auch gern in einen frischen Sommerregen. Wenn es richtig heiß ist, verstecken wir uns und erst abends in der Dämmerung kommen wir wieder hervor und fressen hier ein bisschen und zupfen da ein Kräutlein. Dann noch ein kleiner Regen und der Tag ist wunderbar. Herrchen sagt, wer so die Ruhe weg hat, der muss ja so extrem alt werden.

Leider hat das Schicksal uns nicht verschont. Unsere liebe Kunigunde und unsere Gertrud sind über die Regenbogenbrücke gegangen, weil sie Probleme mit dem Eier legen bekommen haben. Trotz Operationen und Infusionen haben sie es nicht geschafft. Frauchen und Herrchen waren sehr traurig, Kunigunde war so tapfer, trotz Lähmung hat sie mit Frauchen Übungen gemacht, ist zur Lasertherapie gegangen und hat tapfer ihre Medikamente genommen. Aber die Infektion war zu stark und dann ist sie einfach eingeschlafen. Bei unserer Gertrud

Brunhilde

Brunhilde, Elsa

hat dann ihr Herzchen versagt. Sie hat die ganzen Infusionen schlecht vertragen und irgendwann war es für sie zuviel. Jetzt gibt es nur noch Elsa und mich, Brunhilde, Bruni genannt. Unsere Emma ist auf Wanderschaft gegangen und ist leider nicht wieder aufgetaucht. Wir hoffen, dass sie ein gutes Zuhause gefunden hat.

Wir Zwei haben unseren geregelten Tagesablauf, früh morgens aufstehen, Gehegeinspektion, Futter von Herrchen begutachten, ob es schmackhaft ist, ein Sonnenbad auf diversen Steinen nehmen, die Herrchen für uns bereitet hat, Schläfchen bis Abends, erneute Gehegeinspektion und Leckereien verschnabulieren. Dann ziehen wir uns, wenn es dunkel wird, in unser Schlafhäuschen zurück und Herrchen macht das Gewächshäuschen zu, damit uns nachts kein wildes Tier zu Leibe rückt. Also ein gemütliches Leben. Das ist unsere kleine Geschichte, bleibt uns Schildkröten gewogen.

Eure Brunhilde und Elsa.

Ja ihr Lieben, das waren viele kleine Geschichten, von vielen kleinen Fellnasen, die unser Heim zeitweise mit uns geteilt haben oder noch teilen.

Unser Dackelleben ist immer sehr aufregend, die kleinen gefiederten und befellten Freunde haben immer viel Freude und manchmal auch traurige Momente gebracht, die wir aber alle nicht missen möchten.

Bendis mit Spieltier

Bendis im Garten

Bendis

Nachdem meine Äuglein leider nicht mehr arbeiten wollten und mich plötzlich von einem Tag zum anderen Dun-
kelheit umgab, hat mein Frauchen für mich das Sehen
übernommen. Meine kleinen Mädchen waren immer da
und als mein großer Bruder Bony wieder bei uns einzog,
war immer einer zum Kuscheln in der Nähe. Wir zwei alten Dackelherrschaften haben die Ruhe und Gemütlich-
keit des Alters gelebt und die Jungen mal machen lassen.
Meine kleine Ceres hat den Schreiberjob übernommen
und mich unterstützt. Ich habe ihr erzählt und sie hat alles aufgeschrieben. Meine Gesundheit ist nicht mehr die
allerbeste und Frauchen hat oft viel Sorgen mit mir. Auch
wenn ich sie nicht sehen kann, so spüre ich doch, wie sehr
sie sich sorgt. Dann versuche ich ein bisschen Blödsinn
zu machen und sie aufzumuntern. Dann werfe ich mein
Spieltier durch die Gegend oder stupse Bony an, der dann
denkt, ich will mit ihm spielen. Meist ist er ganz verwirrt,

Bendis als Erdmännchen

dass ich es dann nicht tue und mich einfach umdrehe und weglaufe: Nun ja, ich wusste nicht, dass er da im Weg rum steht, ich hab ihn ja nicht gesehen, er stand einfach nur im Weg. Frauchen geht dann zu ihm und streichelt ihn und sagt ihm, dass ich es nicht so meine. Manchmal gelingt es mir dadurch, glaube ich, Frauchen etwas aufzuheitern. Wenn sie mich in den Arm nimmt und mir mein Köpfchen streichelt weiß ich, dass alles gut ist. Ich bin oft müde und ich habe nicht mehr soviel Appetit, Frauchen gibt sich dann alle Mühe etwas schmackhaftes zu finden und ich nehme dann mal das eine oder das andere. Ich will sie ja nicht enttäuschen. Wenn ich ganz gut zu Wege bin, setze ich mich hin wie ein Erdmännchen, Frauchen lacht dann immer. Als ich noch sehen konnte, bin ich zu

Bhloe, Bendis, Ceres

den Näpfchen von Apollo oder meiner Mama oder Tante Flo gegangen, habe mein Pfötchen ausgestreckt, mir das Näpfchen gegriffen und gezogen, dann stand es bei mir. Dann konnte ich Futter mopsen. Die anderen haben erst mal ganz komisch geschaut. Frauchen hat dann immer gerufen „Bendis, lass das mopsen". Und dann hat sie die Näpfchen wieder ihren rechtmäßigen Besitzern zurückgegeben. Mein Schlafplätzchen war bei Frauchen, ich bin immer auf ihrem Bauch eingeschlafen und wenn ich im Land der Träume war, hat sie mich neben sich gelegt und ich habe mich an sie gekuschelt. Jeder hatte sein eigenes Plätzchen bei Frauchen, so waren wir immer warm und kuschelig.

Wir vier sind eine lustige Dackelgemeinschaft mit all ihren Eigenarten und Eigenschaften, die unser Frauchen und Herrchen so lieben und niemals missen möchten. Ich hoffe es hat euch gefallen, Einblicke in unsere kleine Gemeinschaft bekommen zu haben. Unsere Geschichte erzählt von Freud und manchmal auch Leid und viel Liebe.

Bleibt uns Dackelchen gewogen, wir sind Herzensbrecher, unendlich treu, haben unseren eigenen Kopf, aber wen wir lieben, den lieben wir für immer.

Alles Liebe eure Bendis, Ceres, Chloe und Bony

*C*eres Nachwort

Es war einmal, so beginnen viele Märchen und Erzählungen. Es waren einmal 7 Zwerge, 7 kleine Kurzhaarzwergdackelzwerge. Sechs Mädchen und ein Junge. Sie lebten in einem großen Haus bei Ihrem Frauchen. So hat auch unsere Geschichte begonnen. Wir erlebten viele glückliche Stunden und Jahre. Über die Jahre wurde unser Rudel immer kleiner. Erst Tante Luna, die passionierte Jägerin, dann Mama Zofe,

Zofe

Flo

Apollo

der Weltfriedensdackel. Den Namen erhielt sie, weil sie so unendlich lieb war. Tante Flo, unser kleiner Putzerdackel, die nie grummelig war und die kleinste in unserer Runde, verließ uns ein Jahr später. 6 Monate später verließ uns Onkel Apollo, der Geschichtenerzähler und

Bony und Bendis – 2 Senioren im Zwiegespräch

Bendis verschmitzt

Buchschreiber, der alles suchte und für den Frauchen seine ganze Welt war. In dem Jahr, in dem er fortging, kam sein Bruder Bony zu uns zurück. Wir haben ihn so sehr geliebt und ihn in unserem Rudel aufgenommen. Nun waren wir nur noch 1 Zwerge. Mama Bendis, Chloe, Onkel Bony und ich. Unsere Mama Bendis hat leider die Fertigstellung des Buches nicht mehr erlebt. Sie hat mich gebeten, das Büchlein noch einmal durchzusehen und zu schauen ob sie auch nichts vergessen hat. Sie war ein sehr akribisches Dackelmädchen, sie musste immer alles sehen und bestaunen und für gut befinden. Auch als sie nicht mehr sehen konnte, hat ihre Nase ihr Sehen übernommen und sie hat sich gut zurechtgefunden. Leider war ihr kleiner Körper sehr geschwächt, ihr Bäuchlein war sehr krank und Frauchen konnte ihr nicht mehr helfen. An einem wunderschönen kalten sonnigen Februarmorgen wurde sie geboren und in einer regnerischen, dunklen, stürmischen Mainacht ist sie, mit 15 Jahren, von uns gegangen. Sie durfte im Kreise ihrer Familie einschlafen. Wir waren alle bei Ihr und sie ist friedlich eingeschlafen. Ich habe mir Mühe gegeben, alles so aufzuschreiben wie sie es wollte. Nur 10 Wochen später ist ihr unser Onkel Bony nachgefolgt. Stolze 17½ Jahre war er alt. Ein gemütlicher, dicklicher, alter Herr, der uns viel Freude und Glück gebracht hat.

Bony

Unser Frauchen ist so unendlich traurig, wir vermissen alle, sie sind nie vergessen und immer in unseren Herzen. Nun sind wir noch zu zweit, meine kleine Schwester Chloe und ich, mittlerweile sind wir auch schon ein bisschen älter, aber immer noch zu Späßen und Dummheiten aufgelegt. In diesem Sommer sind wir an die Küste gefahren. Wir haben auf den Pfaden vergangener Zeiten gewandelt. Vor 6 Jahren waren wir zu sechst in dem gleichen Ferienhäuschen und haben den Strand und den Darss unsicher gemacht. Wie damals ist Herrchen

Unser Häuschen

mit uns mit dem Fahrrad über die Halbinsel gefahren und Frauchen hat uns im Rucksack und Tragetäschchen am Strand entlang getragen. Es war eine herrliche Zeit. Abends sind wir müde von den vielen Eindrücken in unsere Kissen gefallen und haben geträumt. Wir hoffen auf noch viele schöne aufregende Jahre bei unserem Frauchen und Herrchen.

Dackeltaxi – Frauchen mit Ceres hinten, Chloe vorn

WE ARE FAMILY 🐾

Chloe   Apollo   Flo   Zofe   Ceres Bendis

Eure Ceres und Chloe

Anne Teutschbein-Licha ist in Berlin aufgewachsen und hat als 10-jährige ihr Sparschein für ihre erste Dackeldame namens Vesta geknackt. Nach ihrem Studium der Veterinärmedizin zog sie nach Niedersachsen. Dort arbeitete sie in einer Kleintierklinik und Großtierpraxis und gründete den Zwinger „aus der Götterdämmerung". Hier wurden Apollo und Ares, genannt Bony, geboren. Nach ihrem Umzug nach Baden-Württemberg eröffnete sie eine Kleintierpraxis in Ubstadt. Hier wurden Bendis und ihr Bruder Bacchus geboren. Einige Zeit später wurde Bendis Mama und brachte Chloe und Ceres auf die Welt. Die Dackelfamilie mit Zofe, Flo, Apollo, Bendis, Ceres und Chloe war komplett. Nachdem Apollo auf Facebook sich einer wachsenden Fangemeinde erfreute, beschloss sie, ihn sein eigenes Buch schreiben zu lassen: „Apollo – ein Dackel erzählt". Da Dackel bekanntlich immer viel zu erzählen haben, durfte Bendis die Geschichte von Apollo fortsetzen und es durften auch Apollos Wegbegleiter und seine Familie zu Wort kommen.